22, rue Huyghens, 75014 Paris
ISBN 2-226-02281-3

WOLINSKI

TU M'AIMES?

Albin Michel

Du même auteur

Aux Editions Albin Michel :

Lettre ouverte à ma femme, 1978.
J'étais un sale phallocrate, 1979.
A bas l'amour copain ! 1980.
Ah, la crise ! 1981.
Ils vont tout casser ! 1981.
La bague au doigt, 1982.
Junior. 1983.
Aïe ! 1984.

Chez d'autres éditeurs :

Histoires lamentables, Editions Hara-Kiri, 1965.
Carnet de croquis, Editions J.-J. Pauvert, 1967.
Ils ne pensent qu'à ça, Editions Denoël, 1967.
Je ne pense qu'à ça, tomes I, II, III, Editions J.-J. Pauvert, 1968.
Hit parade, Editions Denoël, 1969.
Il n'y a pas que la politique dans la vie, Editions Denoël, 1970.
La vie compliquée de Georges Le tueur, Editions du Square, 1971.
C'est pas normal, Editions du Square, 1973. Dargaud 1982.
Il ne faut pas rêver, Editions du Square, 1974. Dargaud 1982.
Les Français me font rire, Editions du Square, 1975.
Giscard n'est pas drôle, Editions du Square, 1976.
Cactus Joë, Editions du Square, 1977. Dargaud 1982.
C'est dur d'être patron, Editions du Square, 1978, Dargaud 1982.
Paulette (6 tomes, en collaboration avec Pichard pour les dessins), Editions du Square. Dargaud 1983.
Wolinski à « l'Humanité », Editions L'Humanité, 1977-1978.
Mon corps est à elles, Editions du Square, 1979. Dargaud 1983.
N'importe quoi, Editions J.-J. Pauvert, 1979.
Wolinski à l'Huma, Editions Mazarine, 1980.
Les pensées, Editions Cherche-Midi, 1980.
Tout est politique, Editions Messidor, 1981.
A gauche toute, Editions Messidor, 1982.
On ne connaît pas notre bonheur, Editions Dargaud, 1982.

Théâtre, en collaboration avec Claude Confortès :

Je ne veux pas mourir idiot, Editions J.-J. Pauvert.
Je ne pense qu'à ça, Editions J.-J. Pauvert.
Le roi des cons, Editions J.-J. Pauvert.

Cinéma :

Le roi des cons
Aldo et Junior
Le Cow-boy

CELA NE VA PAS SI MAL...

L'ANNÉE DE L'ENFANT
J'AI PLEIN DE MORVEUX DANS LA BOUCHE

BIENTÔT LES VACANCES
ASTIQUEZ VOS ORGANES SEXUELS
ÇA BRILLE COMME SI C'ÉTAIT NEUF

LA VÉRITÉ SUR LE SEXE DES FEMMES.
C'EST UN MUSCLE

C'EST LE PRINTEMPS. AIMONS NOUS!

PRINTEMPS
LA NATURE EST EN FÊTE
LES BOURGEONS VONT ÉCLATER

LE FILS DU CURÉ ENCULE SON PÈRE
TU ME FERAS UN "PATER" ET TROIS "AVE" PETIT GÉRONTOPHILE!

UNE FEMME ADULTÈRE LAPIDÉE EN FRANCE
ARRÊTE TES CONNERIES!
POK

EXTRAORDINAIRE!
TRAVERSÉE DE L'ATLANTIQUE SUR UNE VIEILLE PLANCHE.
OUAH! OUAH!

UN JEUNE DE VINGT ANS VIOLÉ PAR UNE FAMILLE VOYOUTE.
TIENS LE BIEN, MÉMÉ!
HI HI

TU M'AIMES ?

LA GAUCHE A ENCORE DU RESSORT

MITTERRAND ADORE LAMARTINE

MISS LORRAINE ACCUEILLE MITTERRAND

LES FRANÇAISES FONT CONFIANCE À MITTERRAND

NON AUX RADIOS PORNOS!
AH! AH!
OH! OH!
CHOF CHOF
WOLINSKI

LE MAL-AU-DOS VAINCU PAR LE MAL-AU-CUL
OUI, LÀ, LÀ
OUILLE!

FINI LE STERILET
ESSAYEZ LE PARAPLUIE

LA MODE DES JEUNES FILLES EN FLEUR
TU ES MON DAVID HAMILTON

DÉFENSE DE FROTTER DANS LES DANCINGS QUI BRULENT

TENSION INTERNATIONALE
C'EST TENDU

TU M'AIMES?

GISCARD OBSERVE LA SITUATION DE LOIN

MAUROY SE HEURTE AU MUR DE L'ARGENT

MITTERRAND TATE LE POULS DE LA FRANCE

SOCIALISTE OBSERVANT UNE PAUSE

YVES MONTAND CLASSÉ MONUMENT HISTORIQUE

LA FRANCE EST CALME

CHÈRE MADAME, CHER MONSIEUR, L'AGENCE DE POLICE PRIVÉE "DUGENOUX" EST À VOTRE SERVICE
COMBIEN PRENEZ VOUS, POUR ME FAIRE SUIVRE PARTOUT ?
1000 FRANCS PAR 24 HEURES. MAIS AIS-JE BIEN COMPRIS, MADAME ?
C'EST CHER !
CHÉRI, EN 48 HEURES, CROIS MOI, TU SERAS FIXÉ !
C'EST BIEN VOUS, MADAME QUI DEMANDEZ À ÊTRE SUIVIE PARTOUT ?
JE TROUVE ÇA TRES EXCITANT D'ÊTRE SUIVIE PARTOUT !
JE VOUS FAIS 1000 FRANCS D'AVANCE
PHOTOGRAPHIEZ MOI, ENREGISTREZ MOI, ÉPIEZ MOI, MON MARI DOIT TOUT SAVOIR...
C'EST DE L'ARGENT FOUTU EN L'AIR, MON OPINION EST DÉJA FAITE !
MERCI
J'AVOUE QUE C'EST LA PREMIÈRE FOIS DE TOUTE MA CARRIÈRE, QUE JE VOIS UNE ÉPOUSE ACCEPTER DE SI BONNE GRACE, LA SUSPICION DE SON MARI.
QUELLE SUSPICION ? IL EST FOU CELUI LÀ !
AH! AH! AH!
CE N'EST PAS LA PREUVE DE L'INFIDÉLITÉ DE MA FEMME, QUE JE VEUX QUE VOUS M'APPORTIEZ, C'EST **LA PREUVE DE SA FIDÉLITÉ** !
MON IMBECILE DE MARI NE VEUT PAS CROIRE QUE JE LE TROMPE. SURTOUT NE LE DÉTROMPEZ PAS !
ATTENTION ! JE N'AIME PAS LES MENTEURS !
WOLINSKI

TU M'AIMES ?

C'EST UNE FEMME LIBÉRÉE...

FAITS DIVERS

IL LUI LAVAIT LES CHEVEUX, ELLE SE NOIE

EN COUPANT UN ARBRE, IL LA COUPE EN DEUX

IL ALLUME SA CIGARETTE,
ELLE PREND FEU.

ELLE SE JETTE DANS
SES BRAS, IL MEURT
DE SAISISSEMENT.

MON ASSOCIÉ EST JUIF
C'EST L'HONNÊTETÉ MÊME
MON PETIT-FILS EST NOIR
IL EST SUPERBE
SALUT PAPY
MES CLIENTS SONT ARABES
ILS ONT DE LA CLASSE !
MES VOISINS SONT ASIATIQUES
ILS SONT CHARMANTS
JE SUIS ENTOURÉ DE MÉTÈQUES PLUS HONNÊTES, PLUS BEAUX, PLUS RICHES, ET PLUS SYMPATHIQUES QUE MOI !
ET ON S'ÉTONNE QUE JE SOIS RACISTE !
WOLINSKI

GASTON LA BITE

LIBÉREZ ETCÉTERA ET TUTTI QUANTI

L'ÉGÉRIE DES "BRIGADES GROS ROUGE" PRISE SUR LE FAIT

MITTERRAND ENCOURAGE LE TERRORISME

BIENTÔT NOËL, PENSEZ À VOS CADEAUX!

LA "BOUM" DERNIER MODÈLE PIÉGÉ DE CHEZ RENAULT.

EXCLUSIF ! : LE NOUVEL HYMNE SOCIALISTE

SOUTENEZ LE PARTI SOCIALISTE : ENVOYEZ DES CHÈQUES EN BLANC À FRANÇOIS MITTERRAND.

LA VIE DE CHIEN DE DANIELLE MITTERRAND

NATIONALISATIONS : INQUIÉTUDE.

MAUROY : LES FEMMES PRÉFÈRENT LES GROS

MITTERRAND : 108ème JOUR DE SIESTE.

QUI DOIS JE ANNONCER?
MONSIEUR GEORGES, ESCROC
VOUS OSEZ VOUS REPRÉSENTER DEVANT MOI. ESPÈCE DE SALE ESCROC!
MONSIEUR LE SOUS-DIRECTEUR, JE SUIS TRÈS HONORÉ
LES INDIVIDUS DANS VOTRE GENRE DEVRAIENT ÊTRE AU BAGNE!
JUSTEMENT JE VOUS APPORTE UN APPAREIL QUI VOUS PROTÈGERA DES INDIVIDUS DANS MON GENRE
VOUS VOYEZ, JE LE BRAQUE SUR VOUS, RIEN!
ÇA NE PREND PLUS AVEC MOI, TOUT ÇA
À PRÉSENT, BRAQUEZ LE SUR MOI
QUOI?
VOUS ENTENDEZ?
TOOT
TOOT
TOOT
CET APPAREIL DÉTECTE INFAILLIBLEMENT LES ESCROCS DE TOUT ACABIT
ÇA C'EST FORMIDABLE!
UN MILLIARD SUR MON COMPTE EN SUISSE COMME D'HABITUDE
TOOT
TOOT
MONSIEUR LE DIRECTEUR. EXCUSEZ MOI DE VOUS DÉRANGER MAIS JE VOUDRAIS VOUS MONTRER UN APPAREIL EXTRAORDINAIRE
ENCORE!
IL DÉTECTE LES...
LES..
GLOUP!
LES..
MAIS ENFIN CESSEZ CE BRUIT INFERNAL, QU'EST CE QU'IL DÉTECTE VOTRE APPAREIL?
TOOT
TOOT
TOOT
EUH... IL DÉTECTE LES.. LES.. ODEURS DE TABAC...
ET C'EST POUR ÇA QUE VOUS ME DÉRANGEZ?
C'EST PLUTÔT UN APPAREIL À DÉTECTER LES ESCROCS QU'IL VOUS FAUDRAIT MON AMI
AH! AH!
OUI MONSIEUR LE DIRECTEUR

REVUE DE PRESSE
M ET MME BRINDEJONC DE TREGLODE, LA COMTESSE DE LASTOURS SONT HEUREUX D'ANNONCER LES FIANÇAILLES DE LEURS ENFANTS
LE FIGARO
ENFIN! UNE BONNE NOUVELLE
PREMIÈRE BANQUE DU SPERME EN CHINE
MA BANQUE C'EST TON CUL
LE MONDE
FABIUS ET SA CÔTE VONT AU TURF, DES MEULES SUR LE RING DU CONCOURS. MICK TU EXJAGGER, LE FOND DE L'ART EST FRAIS. GAUMONT MARCHE À L'OMBRE MARÉCHAL A FEYDEAU NOUS VOILÀ!
BODY DE SOIE 440F DE ROSY, UN PEIGNOIR EN SATIN DE SOIE À COL CHÂLE 4000F DE SABBIA ROSA, DES MULES DE SATIN 600F, TAPIS DE BAIN 350F, SERVIETTE D'INVITÉ 210F. SUR LE LAVABO DEUX BOITES DE CÉRAMIQUE 250F ET 375F
ENFIN! UN JOURNAL DE GAUCHE QUI DONNE DES INFORMATIONS QUI CONCERNENT LE PUBLIC
L'ÉVÉNEMENT
TU ME PRÊTES LIBÉ, PAPY?
C'EST PAS POUR TOI
LIBÉRATION
LA VIE ÉCONOMIQUE
COMMENT FAITES-VOUS POUR CONNAÎTRE L'ACTUALITÉ SI VOUS NE LISEZ PAS LES JOURNAUX VOUS N'ÉCOUTEZ PAS LA RADIO ET VOUS NE REGARDEZ PAS LA TÉLÉ?
J'AI QU'À REGARDER LA GUEULE QUE FONT LES GENS!
TOUCHE PAS À MON POTE!
VILAIN JALOUX, VA!
CAMARADE, LA QUESTION EST DE SAVOIR SI ON A DES PROBLÈMES À CAUSE DE NOS SOCIALISTES, OU SI ON A DES SOCIALISTES À CAUSE DE NOS PROBLÈMES!
L'HUMANITÉ
POURQUOI M'APPELLES TU CAMARADE? TU NE M'AIMES PLUS?
LE NOUVEL OBSERVATEUR
WOLINSKI

PAS DE CONCESSIONS !..

PAF
WOLINSKI

GISCARD MONTRE SON PROGRAMME.

GASTON LA BITE

BRIGITTE BARDOT ADOPTE UN VEAU

EXCLUSIF!
L'ANALYSE D'URINE DE DOMINIQUE JAMET

POURQUOI ÇA VA MAL EN POLOGNE ?

36 MILLIONS DE MICHEL POLAC

LE PAPE ASSASSINERA UN TURC

BORGNOL ENTERRE VOTRE VIE DE GARÇON

N'ENTENDS-TU PAS SIFFLER LA COCOTTE MINUTE ?
OUI, CHÉRIE
ALORS QU'ATTENDS-TU POUR ALLER L'OUVRIR ?
BOUM
CATASTROPHE ! LA COCOTTE A EXPLOSÉ. J'AI TOUT PRIS DANS LA FIGURE
C'EST PAS GRAVE, J'AIMAIS PAS TELLEMENT TA FIGURE.
WOLINSKI

SHERLOCK HOLMES TOUJOURS SUR LA TRACE DE L'ÉVENTREUR
OH, QUELLE HORRIBLE BLESSURE !

LES AVENTURES DE L'ESPIÈGLE LADY DI
CETTE SEMAINE:
LADY DI EXAGÈRE!
EEK!
YOU HOU
GOD SAVE THE QUEEN
LA SEMAINE PROCHAINE: LADY DI ET LE JARDINIER!

L'ESPIÈGLE LADY DI DANS:
CHARLES EST BIEN ATTRAPÉ!
SHOCKING!

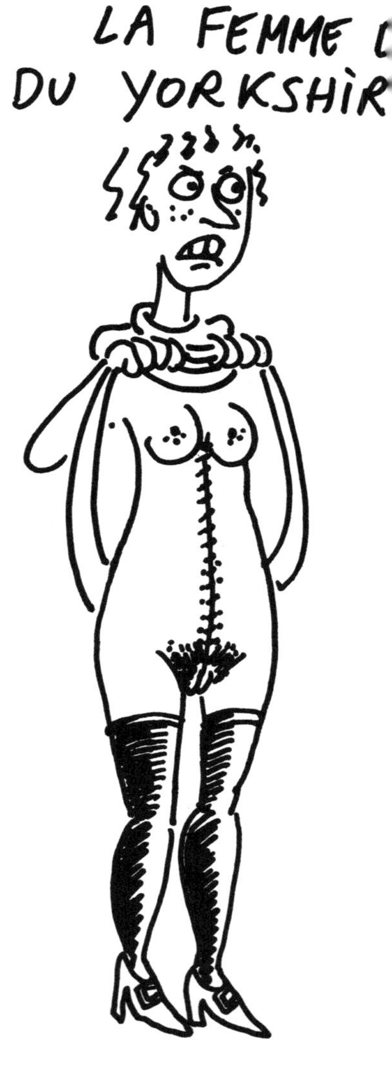
LA FEMME
DU YORKSHIR

L'ÉVENTREUR ARRÊTÉ:
L'ANGLETERRE RESPIRE
J'AVAIS PEUR QUE CE SOIT TOI. MY LOVE

'ÉVENTREUR
ÉFEND
ON MARI.
PETER M'ÉVENTRAIT TOUS LES SOIRS. JE N'EN SUIS PAS MORTE!

LES AVENTURES DE LADY DI.
UN PEEP-SHOW A BUCKINGAM PALACE
OH! DIANA!

SCANDALE À LONDRES
L'ESPIÈGLE LADY DI
PISSE SUR LA COURONNE
HI HI
SHOCKING!

À ASSAS J'AI MILITÉ AU G.U.D
JE RATONNAIS
ENSUITE, J'AI MILITÉ À OCCIDENT
JE COGNAIS, LES BASANÉS
PUIS JE SUIS RENTRÉ À ORDRE NOUVEAU
BOUM
AEROFLOT
APRÈS J'AI UN PEU MILITÉ AU P.F.N. MAIS C'ÉTAIT DES RINGARDS
J'AI BOMBÉ POUR ORNANO, ILS NE M'ONT MÊME PAS PAYÉ..
C'EST ALORS QUE JE FUS ATTIRÉ PAR LES THÈSES DU G.R.E.C.E
JÉSUS ÉTAIT UN CATHO-BOLCHO
THOR
CETTE RICHE EXPÉRIENCE M'A PERMIS D'AVOIR UNE SITUATION.
JE SUIS CONSEILLER MUNICIPAL CHARGÉ DE LA CULTURE DANS UNE VILLE PASSÉE AU R.P.R
AVENUE DU MARÉCHAL PÉTAIN
ANCIENNEMENT AVENUE SALVADOR ALLENDE
WOLINSKI

MITTERRAND GAULLIEN
FACE AUX CHOMEURS

LÉGALISATION DU TRAVAIL AU NOIR.

LE FRANÇAIS OBSÉDÉ PAR DEUX GRANDS THÈMES.

GASTON LA BITE

MESURE ANTI-CHOMAGE:
EMBAUCHEZ UN JEUNE

LE CHOMAGE VAINCU GRACE À LA GUERRE CIVILE

LES FÊTES ME DÉBRANCHENT
NOËL
PAN PAN
TU TE CROIS À BEYROUTH, PAPA ?
LES FÊTES ME DÉTRUISENT
RÉVEILLON
FOIE GRAS
LANGOUSTE
TROU NORMAND
DINDE AUX MARRONS
BUCHE GLACÉE
CHAMPAGNE
1000 FRANCS PAR TÊTE
BLOUC !
IL EST PRUDENT DE RÉSERVER, MONSIEUR
LES FÊTES ME MINENT
QU'EST CE QUE TU M'OFFRES POUR NOËL, MON AMOUR ?
UNE CASSEROLE, ET UN CHIFFON À POUSSIÈRE
LES FÊTES ME RUINENT
LA BLANCHE, C'EST 500 FRANCS LE GRAMME
VOILA 5 FRANCS. FILE M'EN UN CENTIGRAMME QUE JE M'ÉCLATE
LES FÊTES ME DONNENT LES BOULES
UN PAPA COMME LE VÔTRE. IL N'Y EN A PAS BEAUCOUP
FAMILLE JE VOUS HAIS !
LES FÊTES ME LÉZARDENT
ON ME FILE 400 BRIQUES POUR PAS RIGOLER. ÇA ME FAIT RIGOLER !
CIAO PANTIN
JE FAIS ÇA POUR RIEN. ÇA NE ME FAIT PAS RIGOLER !
RHUM
WOLINSKI

J'AIME SARTRE PARCE QU'IL AIMAIT LA VIE
QU'EST CE QUE VOUS FAITES CE SOIR?
SARTRE...
SARTRE ME PÉNÈTRE, ME BOUSCULE, VA AU FOND DES CHÓSES, M'INONDE.. AAH
POURQUOI CETTE CONNE M'APPELLE T'ELLE "SARTRE"? MOI C'EST JEANNOT
LETTRES AU CASTOR

SARTRE...

SARTRE RACONTE À SIMONE COMMENT IL A DÉPUCELÉ UNE FILLE
C'EST PAS RAYMOND ARON QUI FERAIT ÇA !
C'EST UN INTELLO DE GAUCHE QUI N'A JAMAIS SU SE TAIRE
IL NOUS MANQUE...
J'AIME PAS ÉCRIRE ALORS J'ENREGISTRE MES COUPS DE TÉLÉPHONE.. ALLO LE BOUCHER... JE VOUDRAIS UN PETIT RUMSTEAK...
ÇA AURA DE LA VALEUR PLUS TARD

COMMENT UN HOMME QUI COMPRENAIT SI BIEN LES CHOSES A PU SE TROMPER SI SOUVENT ?
LES GENS QUI NE COMPRENNENT RIEN À RIEN NE RISQUENT PAS DE SE TROMPER BEAUCOUP

JE N'AIME PAS SARTRE PARCE QUE JE SUIS CON
C'EST PAS CON COMME ARGUMENT

J'AURAI TANT AIMÉ ÊTRE L'ÉGÉRIE DE SARTRE
L'ÉCHÉRIE DE CHARTRE LÈCHE MOI RIRE !..
WOLINSKI

JO
ET À PRÉSENT, LE CLOU DE NOTRE ÉMISSION (SI J'OSE DIRE!) (RIRES) "UNE HEURE POUR GAGNER". JO LA TRIQUE VA TENTER EN DIRECT DE BATTRE SON PROPRE RECORD : IL VA DÉFIER DIX FEMMES SUR CE LIT TOURNANT. SON PRÉCÉDENT RECORD EST DE 9 COUPS EN MOINS D'UNE HEURE ... À VOUS JO!..
1
2
3
4
5
6
7
8
9
10
1
POUR NE PAS NUIRE À LA CONCENTRATION DE JO. NOUS VOUS PRIONS DE RESPECTER LE SILENCE
2
3
4

5
ET ALORS, ÇA VIENT?
ON VA PAS Y PASSER LA NUIT!
C'EST MOU!
POUSSE PAPA!
6
6 EU UNE HEURE, BRAVO! C'EST PAS MAL!
HOU HOU!
DORT-EN-CHIANT!
REMBOURSEZ!
ON L'APPLAUDIT TOUT DE MÊME, À QUOI ATTRIBUEZ VOUS VOTRE ÉCHEC, JO. N'EST CE PAS L'AGE? VOUS N'AVEZ PLUS 20 ANS...
EUH.. J'AI DÉMARRÉ TROP VITE. ET PUIS JE N'ÉTAIS PAS ASSEZ CONCENTRÉ. J'AI PERDU CONFIANCE, L'AGE N'A RIEN À VOIR
QUELLE HONTE!
BSOIR, TRÉSOR
NE ME DIS RIEN, J'AI REGARDÉ LA TÉLÉ. TU NE M'AS PAS FAIT HONNEUR
MANGE, MOI J'AI PAS FAIM
ÇA POUR BOIRE DES COUPS, T'ES PAS MANCHOT!
OH, TRÉSOR!
ET POUR TE PUNIR, CE SOIR, TU FERAS TINTIN!
OH, TRÉSOR!
WOLINSKI

EN SIGNE DE PROTESTATION CONTRE LA PRESSION FISCALE. J'ÉTEINS LA RADIO
TIC
AFIN DE PROTESTER CONTRE LE POUVOIR D'ACHAT QUI SE DÉTERIORE. JE COUPE LA TÉLÉ
POUR LUTTER CONTRE L'ECART INSUFFISANT DE L'ÉVENTAIL DES SALAIRES. JE DÉCROCHE LE TÉLÉPHONE
ENFIN J'ÉTEINS LA LUMIÈRE POUR MARQUER L'AMPLEUR DE MON MÉCONTENTEMENT
TU PERMETS QUE JE RALLUME POUR MARQUER MON REFUS GRANDISSANT DE FAIRE DES EFFORTS POUR RIEN
Wolinski

LA VIE DE FAMILLE

LA VIE DE FAMILLE

LA VIE DE FAMILLE

LA VIE DE FAMILLE

LA VIE DE FAMILLE

LA VIE DE FAMILLE

LA VIE DE FAMILLE

LE SEXE..
SI ON FAISAIT UN POT-AU-FEU POUR MIDI ?
LE SEXE ÇA ME PROVOQUE DES HAUT-LE-COEUR
SORTEZ!
VA DIRE À TA MAMAN QUE LE MONSIEUR AVEC LA GROSSE BITE EST LÀ
C'EST PAS VOUS JE LE CONNAIS LUI
PLUS JE VOUS REGARDE ET PLUS JE ME DIS QUE J'AI ENVIE DE ME COUCHER AVEC UN BON LIVRE
ALLEZ COURAGE, IL Y'EN A PAS POUR LONGTEMPS
VITE! PLANTE MOI!
EUH.. EXCUSEZ MOI C'EST RIDICULE JE NE TROUVE PLUS MON SEXE...
VOUS AVEZ UN GOUT DE MÉDICAMENT
CE SONT MES SUPPOSITOIRES QUI REMONTENT
..C'EST PLUS ÇA!...
WOLINSKI

APRES LA GUERRE DU VIN
LA GUERRE DU LAIT

LES ÉVENTREURS DE MATELAS PROFESSIONNELS PROTESTENT

LE SCANDALE DES BUREAUX DE VÔTE ROSES

LES HÔPITAUX DE LA MORT

LE FASCISME FAIT DE NOUS DES BÊTES

GASTON LA BITE

SOIS FOU !

C'EST LA SEULE SOLUTION
SOIS FOU
HUIT HEURES PAR JOUR
AVEC UNE PAUSE POUR
CASSER LA CROUTE
PISSER UNE GOUTTE
SOIS FOU
AVEC OBSTINATION
COMME TU RESPIRES
FAIS DES GRIMACES DANS TA TÊTE
HURLE DANS TES YEUX
PLEURE DANS TES OREILLES
CHIE DANS TES PENSÉES
ÉJACULE DANS TA RAISON
SOIS FOU
EN GRATTANT EN LIMANT
EN GOMMANT EN GROGNANT
EN LISANT EN ÉCRIVANT
EN DESSINANT EN FROTTANT
EN CHATOUILLANT EN RAMANT
SOIS FOU
TOUT SEUL
SANS PARTAGER
ÉGOISTEMENT
SOIS FOU
SINON ILS VONT TE RAISONNER
ILS VONT TE COMPTER TE CALCULER
T'ÉVALUER TE NOTER TE PRÉVOIR
TE PLANIFIER TE TIRER LES CONCLUSIONS
TE SONDER...
SOIS FOU
SINON ILS VONT T'ENFERMER
AVEC EUX
DEHORS...

TU M'AIMES ?

JANVIER
JACK LANG PRÉSENTE UN PLAN D'AIDE A LA BANDE DESSINÉE.
LE JOURNAL OFFICIEL, LE BOTTIN, LE WHO'S WHO, LES ŒUVRES DE FRANÇOA MITTERRAND DOIVENT ÊTRE MISES EN BANDES DESSINÉES.
J'PEUX AVOIR UNE AVANCE?
COMBIEN LA PLANCHE?
DÉMAGO!
FÉVRIER
400 INTELLECTUELS INVITÉS PAR JACK LANG DISCUTENT À LA SORBONNE DE LA CRÉATION ET DU DÉVELOPPEMENT.
MOI JE TIRE À UN MILLION, ET TOI?
LE DERNIER N'A FAIT QUE 100 000 MAIS J'AI EU 30 BATONS D'AVALOIR
J'AI SIGNÉ POUR LE FILM!
DEVINE QUI A ÉCRIT LE LIVRE DE BERCOFF
CATON?
IL PARAIT QUE TU CHANGES D'ÉDITEUR.
OUAIS, J'EN AI TROUVÉ UN PLUS PRÈS DE CHEZ MOI
TON DERNIER LIVRE A 10 PAGES GENIALES
LESQUELLES?
MARS
JACK LANG, MINISTRE DE LA CULTURE PLEURE LA MORT DE HERGÉ.
TINTIN, JE NE LISAIS QUE LUI
JE DIRAIS MÊME PLUS: JE N'AI JAMAIS LU QUE LUI!
AVRIL
UNE JOURNÉE DE LA POÉSIE EST ORGANISÉE AVEC LE SOUTIEN DE JACK LANG.
POÉTIQUE.. POLITIQUE.. CELA RIME EN VERS ET CONTRE TOUS..
MAI
MITTERRAND CHOISIT LE PROJET DE MONSIEUR JOHAN OTTO VON SPRECKELSEN POUR L'AMÉNAGEMENT DE LA TÊTE DE LA DÉFENSE.
CETTE TÊTE DE LA DÉFENSE EST SUPERBE. ON CROIRAIT HERNU
INTENSE!
FOUS REGARTEZ MON BLAN À L'ENFER!
JUIN
JACK LANG ANNONCE QUE "L'ASTRONOME" UN DES 32 TABLEAUX DE VERMEER EST ENTRÉ AU LOUVRE GRACE À UNE DONATION-PARTAGE
C'EST LE CONTRAT-CONFIANCE DE CHEZ DARTY?
NON, C'EST LA DONATION-PARTAGE DE CHEZ LANG. SIGNEZ ICI.

JUILLET JACK LANG ÉCRIT AU MONDE POUR SIGNALER QU'IL FAUT TRANSFORMER LES MAISONS DE LA CULTURE EN METTANT À LEURS TÊTE DES PERSONNALITÉS FORTES.
S'IL VEUT DES FORTES TÊTES JE VAIS ÊTRE VIRÉ. C'EST SUR!
NE T'INQUIÈTE PAS JEANNOT. TU ÉTAIS DÉJA LÀ AU TEMPS DE LA DROITE. LA GAUCHE VA PAS TE VIRER, TOI, UN SPÉCIALISTE DE BERTOLD BRECHT
LE MONDE
AOUT LE PAPE BÉNIT LA CULTURE FRANÇAISE REPRÉSENTÉE PAR SON MINISTRE.
AH, LA CULTURE FRANÇAISE, LE CASSOULET, LA TOUR EFFEL, MICHEL ZÉVACO, LES FOLIES BERGÈRES, MARCEL ROPS...
VOTRE SAINTETÉ EST UN PUITS DE CULTURE
SEPTEMBRE JACK LANG, MINISTRE DE LA CULTURE PLEURE LA MORT DE TINO ROSSI
TCHI TCHI... MARINELLA,.. PETIT PAPA NOËL.. JE N'ÉCOUTAIS QUE ÇA!
OCTOBRE JACK LANG ANNONCE LA CRÉATION D'UN INSTITUT DE FINANCEMENT DU CINÉMA ET DES INDUSTRIES CULTURELLES
ÉCOUTE, JACK, EN TANT QUE PRODUCTEUR. FINANCEMENT, JE COMPRENDS, CINÉMA, JE COMPRENDS. INDUSTRIE, JE COMPRENDS, MAIS QUE VIENT FOUTRE LE CULTUREL LA DEDANS?
ÇA M'A ÉCHAPPÉ
NOVEMBRE MORT DE REISER. JACK LANG, MINISTRE DE LA CULTURE PROPOSE À SA VEUVE UNE GRANDE EXPOSITION AUX BEAUX-ARTS.
JEAN-MARC M'AVAIT DIT : « C'EST BEAUBOURG OU RIEN »
EUH, JE COMPTAIS VOUS PROPOSER LES MURS DE LA CANTINE DES BEAUX-ARTS. EH. BIEN C'EST D'ACCORD. VOUS AUREZ LES MURS DE LA CANTINE DE BEAUBOURG
DÉCEMBRE JACK LANG ENVOIT UN TÉLÉGRAMME AUX MARCHEURS DES MINGUETTES.
ALLO... LES TÉLÉGRAMMES TÉLÉPHONÉS... JE VOUDRAIS ENVOYER UN TÉLÉGRAMME AUX MARCHEURS DES MINGUETTES... NON, MADEMOISELLE, CE N'EST PAS UN VILLAGE... OUI J'ÉPELLE.. M COMME MITTERRAND. I COMME INTELLECTUEL. N COMME NÉANT. G COMME US GO HOME! U COMME LA HUNE, E COMME ÉCRITURE, DEUX FOIS T COMME ATTALI, E COMME EUROPE 1. LE TEXTE : MEILLEURS VOEUX POUR 1984, ET EN AVANT, MARCHE!
WOLINSKI

LE TEMPS DE LA DÉLATION :
LE PÈRE NOËL NE DONNAIT PAS DE JOUJOUX AUX ENFANTS JUIFS
PAPA NOËL !
CRÈVE !

BIENTÔT NOËL
OFFREZ DES LANGUES DE CHAT
C'EST GENTIL

NOËL : LES TRUCS POUR NE PAS ÊTRE MALADE

GASTON LA BITE
GASTON LA BITE
ENCHANTÉ. MAURICE LES COUILLES,

LA GUILLOTINE REMPLACÉE PAR LES CUISSES À TITINE.
?

SCANDALE !
INVASION DE BROUETTES JAPONAISES.

LES ANNÉES 50

NOS SLIPS DE BAIN
TRICOTÉS À LA MAIN
LIMITAIENT NOS PLONGEONS.
LE MOT "POLLUTION"
N'AVAIT PAS ENCORE ÉTÉ INVENTÉ
LES PLANCHES N'ÉTAIENT PAS À VOILES
LES VILLAS DE LA PLAGE ÉTAIENT HORS D'ÂGE.
NOUS NOUS CONNAISSIONS TOUS. TOUTES
LES ANNÉES NOUS NOUS RETROUVIONS.
NAGER, COURIR, DORMIR, RIRE, LIRE,
CHAHUTER, SE DISPUTER, NE COÛTAIENT RIEN.
ON AVAIT DE L'INSTRUCTION, PAS DE CULTURE.
LES HOMMES JOUAIENT AU BALLON, PRENAIENT
L'APÉRO, PARTAIENT POUR LA PÊCHE, FAISAIENT
LA SIESTE. ILS NE SAVAIENT PAS QU'ILS
ÉTAIENT "PHALLOCRATES". LES FEMMES
TRICOTAIENT, BAVARDAIENT, PRÉPARAIENT LES
REPAS, ET S'OCCUPAIENT DES ENFANTS. ELLES
NE SAVAIENT PAS QU'ELLES ÉTAIENT "FEMMES
OBJETS". LES JEUNES FILLES PARFOIS VENAIENT
À LA PLAGE EN JUPE PLISSÉE ET SOCQUETTES.
ELLES ROUGISSAIENT, LORSQU'ON LEUR DEMANDAIT:
«TU NE TE BAIGNES PAS ?». ELLES AURAIENT
PRÉFÉRÉ MOURIR PLUTÔT QUE NOUS MONTRER
LEURS SEINS, QUE NOUS MOURIONS D'ENVIE DE
CONTEMPLER.
ELLES ONT CINQUANTE ANS AUJOURD'HUI,
COMME MOI, CES JEUNES FILLES UN PEU
SOURNOISES DES ANNÉES CINQUANTE.
"AU NIVEAU" DU SEXE, COMME ON DIT
MAINTENANT. NOUS N'ÉTIONS PAS BRANCHÉS,
COMPLÈTEMENT BOUFFONS. LES FUTURES
FIANCÉES ACCORDAIENT QUELQUES BAISERS
FURTIFS AUX GALOPINS QUI LEUR PLAISAIENT
AVANT DE DONNER LEURS MAINS À CEUX QUI
PLAISAIENT À LEURS PARENTS. ON SE
MARIAIT AVANT DE COUCHER. VOUS VOUS
RENDEZ COMPTE? LE MOYEN-AGE!
VACANCES ENFANTINES, VACANCES
CHASTES, VACANCES SANS SOUCIS
POUR LA RENTRÉE. VACANCES POUR
MOURIR IDIOT. D'UN CHARME SURRANNÉ
ON NE S'ÉCLATAIT PAS, ON NE SE
DÉFONÇAIT PAS. ON NE SAUTAIT PAS.
ON N'AVAIT PAS D'AUTOS, PAS DE SOUS,
PAS DE TÉLÉ, À PEINE LA RADIO,
QUELQUE PICK-UP.
ON NE SAVAIT PAS QU'ON ÉTAIT
UNE ESPÈCE EN VOIE DE
DISPARITION.
RODÉO CE SOIR
MAMAN JE PEUX ALLER AVEC HUBERT, FREDERIC, ET SONIA? ILS ONT UN, PLAN SOIREE GÉANT
N'OUBLIE PAS TES PILULES MON PETIT ANGE
IL EST VRAIMENT "TOO MUCH" TON PERE
WOLINSKI

LES ANNÉES 50

LES ANNÉES 50

LES ANNÉES 50

ÇA TE DÉRANGE PAS SI JE METS UNE SERVIETTE
PAS DU TOUT, PAS DU TOUT
Wolinski

LES ANNÉES 50

LES ANNÉES 50

LES ANNÉES 50

LES ANNÉES 50

LES ANNÉES 50

Achevé d'imprimer
en Mai 1985
sur les presses de l'imprimerie Pollina
pour les éditions Albin Michel

N° d'impression : 7110
N° d'édition : 8741
Dépôt légal : Juin 1985